聽，臺灣在吟唱

——詩的禮物1

李敏勇 編著

〈序曲〉詩的禮物——給有童稚之心的人們

一段動人的話語，就用來當做「詩的禮物」這個系列的序曲吧！這個系列是給有童稚之心的人們閱讀的。

曾經是英國人，後來歸化為美國公民，但英國和美國都視他為自己國家詩人的奧登（W. H. Auden，1907～1973），這麼談到他創立「詩人學校」但未實現的夢想。他列舉了一些相關的課程以及想法：

「成為詩人，首先要住在鄉村，如果出生在鄉村那更好。如不幸出生在都市，也要盡量到山野、海濱，去觀察自然生態，學習自然的色彩和韻律。學習的科目包括：航海、天文學、氣象學、生物學、歷史、地理、農耕、烹飪、文化人類學、考古學、幾何學、社會禮儀、修辭學，以及背誦荷馬以來文學史上偉大的詩。重要的是，在詩人學校的圖書室，丟棄有關詩的評論、詩的作法等書籍。」

奧登的話，和同於文學教育的想法，但含有深刻的道理。因為他認為：生命感覺的涵養和訓練才是成為詩人不可或缺的條件。這種想法，做為閱讀者的觀念，也是重要的。

詩做為禮物或做為信物，分別在教養或敬訓的意義視野裡，也分別在抒情或批評的意義情境中。給有童稚之心的人們的詩的禮物，呈現的是在教養視野裡的抒情情境作品。是為了閱讀，而不是為了研究。在某種意義上，回應的是生命感覺的涵養和訓練。

有童稚之心，才能真正進入詩裡既簡單又深刻的世界。在人們的心性裡，原來都具備這樣的條件，但世俗化、功利化讓這樣的天賦失去了。翻閱這本書的每一首詩的禮物時，就重新把握這樣的天賦吧！

目　錄

CONTENTS

〈序曲〉詩的禮物——給有童稚之心的人們　003

01 詹冰（1921～2004）
綠血球，紅血球　009
五月／春／扶桑花／插秧／有一天的日記／天門開的時候／人

02 陳秀喜（1921～1991）
覆葉和嫩葉的詩情　029
覆葉／嫩葉——一個母親講給兒女的故事／樹的哀樂／臺灣／灶／花絮／也許是一首詩的重量

03 陳千武（1922～2012）
在密林的鼓手之歌　051
雨中行／鼓手之歌／密林／春喜／平安——我的愚民政策／銅鑼

目　錄

CONTENTS

04 杜潘芳格（1927～）
一株會開花的女人樹
聲音／平安戲／紙人／葉子們／鳳凰木開花了（客語詩）／母地／一隻叫臺灣的鳥 069

05 楊喚（1930～1954）
美麗島頌歌
檳榔樹／椰子樹／犁／島上夜／美麗島 087

06 非馬（1936～）
跳躍的語言精靈，動心的自由之歌
電視／通貨膨脹／鳥籠／籠鳥／魚與詩人／今天的陽光很好／反候鳥／牛／日出日落 103

07 白萩（1937～）
冷卻成為砧上熬鍊的鐵塊
夕暮／冬／牽牛花／天空／天空／路有千條樹有千根——紀念死去的父母……／樹／廣場 127

目錄

CONTENTS

08 許達然（1940～）
在不是詩的社會寫社會的詩 149
路／違章建築／用品／普通列車／看瀑／學問／能／民屬政治／樹

09 李敏勇（1947～）
自然學校的風景 169
螢火蟲／麻雀／寄居蟹／雞冠花／爬牆虎／百合花

10 劉克襄（1957～）
吟詠福爾摩沙，素描島國風景 187
福爾摩沙／希望／國家／小學校的鋼琴聲／島嶼之歌／黑面琵鷺／樹／祝福　給福爾摩沙(1)＆(2)／國家

• 高永滄紙上畫展

詹冰

綠血球，紅血球

臺灣詩人詹冰（1921～2004）的《綠血球》（笠詩社，1965）是我喜愛的一本詩集。記得四十多年前，初讀這些詩集裡的作品，有一種怦然心動的感覺。那麼清新，那麼真摯，那麼動人。相對於當時標榜現代主義的詩集，許多作品陷在作者自己秘密領域，極盡晦澀之能事，詹冰的作品，特別讓人喜愛。《綠血球》是綠色封面，黑色圖案，白色書名的小書，在我手邊經常翻閱，也不知用膠帶黏貼過多少次封面了。

寫於一九四三年至一九四六年的這些作品，時間跨越日本殖民統治時代和國民政府統治時代，也就是世界史或亞洲史的戰前、戰後時期。此戰爭是二次世界大戰，或稱太平洋戰爭。詹冰這段時期在日本的明治藥專求學，以及後來在苗栗的水果之鄉卓蘭，他一方面擔任藥劑師開設藥局，另一方面在中學擔任理化教師——說是為了學習漢字中文的緣故。

《綠血球》這本詩集的作品，是詹冰原先用日語寫成，再翻譯為中文的。說是《綠血球》，集中包括「綠血球」和「紅血球」兩部分。綠血球是以植物汁液流動的自然為喻；而紅血球則說人這種動物的心性、感情。一綠一紅相互輝映，自然與人性相互襯托，別具風格。

我常常想：臺灣學生的語文課本，應該閱讀的詩，就是像詹冰這樣的詩人的作品。習慣於文言典律的中文症候群教育主管單位、教科書編輯人，常常搬弄一些不盡適合做為教材的詩，讓語文課本不見得有益於學生語文教育和文學心性的培養。像詹冰這樣的臺灣詩人，也因此不被廣泛知曉。在臺灣，詩成了某種秘教，缺乏與讀者之間的親近感，無詩的社會就這麼形成了。

詹冰的詩，就如他的〈墓誌銘〉這首詩所呈現的：

他的遺產目錄裡
有花
有星
又有淚

——〈墓誌銘〉

而他另一首詩〈自畫像〉異曲同工地呈現他的詩，他的人生觀，更是神來之筆。

——〈自畫像〉

沒有贅言贅語，他以這兩首詩為自己的人生寫下註記。他過世時，我寫了一篇〈詩人的墓誌銘〉追悼他，請他的家人在他的墓碑刻下他自撰的墓誌銘。這麼美的詩人人生觀！這麼美的遺產！

＊詩的禮物／詹冰　詩

・五月
・春
・扶桑花
・插秧
・有一天的日記
・天門開的時候
・人

五月

五月，
透明的血管中，
綠血球在游泳著——
五月就是這樣的生物。

五月是以裸體走路。
在丘陵，以金毛呼吸。
在曠野，以銀光歌唱。
於是，五月不眠地走路。

*〈五月〉是詹冰的名詩，一九四三年作品，發表時曾獲日本名詩人崛口大學的稱譽。

詩裡提到的「綠血球」，意味的是綠色元素。以「五月」描繪春天的景象，把春天生物化，賦予動能。

因此春天會走路。以「裸體」走路是說一覽無遺的繽紛風景，草木的滋長；以「金毛」呼吸，說的是太陽光的光合作用，植物在春風中吹動；而以「銀光」歌唱，說的是月光投射在五月春天的夜晚。

五月，在詩人的視野裡，活生生地生長著，日與夜都在走路，在滋長。

春

睜開眼睛
拉開百葉窗
幌蕩的天空
白雲還沒誕生
蕉葉是綠扇子
在搧著清潔的風景
上午十點的音樂鐘響了
樹影爬著石階的速率
旗袍跑進望遠鏡的焦點
拿塑膠皮包的手指
爪上映著春的表情
梳回憶的時間
少女的白色的耳唇

我的眉毛響著在生長
像花兒般張開手掌
季節的觸感是
記不太清楚的
母親的乳房

*春天，是什麼形色？什麼映象？

這首詩以各種感覺：視覺、聽覺、觸覺……去捕捉春天的風景。結尾以「記不太清楚的／母親的乳房」點綴出春天的溫暖，孕育生命的能量。除了結尾，每一行都是一個完整的句子，緊湊而不拖泥帶水。

不借概念化的形容詞，不借成語，詩人以全新的心捕捉春天。有形、有音、有義。看自然，這麼學習著看自然，並且呈現出動人情境。

心情的光合作用

扶桑花

夕陽化了少女
少女就變了扶桑花
少女開始獨自會話
少女的胸脯裡懷孕月夜
少女的身體成為銀質音叉在響著
少女沉溺於紫色氣流中
夕陽閉上了眼睛
扶桑花，越燃越紅了

＊扶桑花在南國的臺灣，到處可見。
這首詩以夕陽來描述扶桑花，因扶桑花大多是紅色的。以夕陽和少女的連帶，扶桑花成為詩人心目中被夕陽化的少女。

因而，少女獨自會話，少女的胸脯裡懷孕日夜——啊，詩人把月夜和乳房連帶在一起。銀質音叉的聲音，紫色氣流的氛圍，都是浪漫的美的形象。

扶桑花，越來越紅，是夕陽閉上眼睛。日與夜，夜與日，彷彿新的一天，扶桑花更紅了。

插秧

水田是鏡子
照映著藍天
照映著白雲
照映著青山
照映著綠樹

農夫在插秧
插在綠樹上
插在青山上
插在白雲上
插在藍天上

*臺灣是一個稻作國家，水田是鄉村常見的風景。晴朗之日，水田裡照映的就是詩人列舉的藍天、白雲、青山、綠樹。像鏡子的水田，讓生活在農村的人們：孩子或大人都能看到這景象。但農夫插秧，插在綠樹、青山、白雲、藍天，都是有童稚之心的人才會看出來的。

有一天的日記

妹妹上了天堂
現在我才理會
也有少女之神

*

「藍天上有金魚在游泳——」
這樣說著說著永眠的妹妹呀
妳是個小詩人

*

晚霞的天空上
我偷偷地找過——
有沒有金魚掛在蜘蛛網上

*

相思樹梢上的

小星星呀
妳是不是我的妹妹？

＊懷念死去的妹妹，四首類似俳句的小詩，構成詩人有一天的日記。少女之神，小詩人，掛在蜘蛛網的金魚、小星星，都是詩人心目中，或夢想裡妹妹的形象。

天門開的時候

「有一天，在天空上，
飄浮著五色的雲彩，
吹奏著美妙的樂音，
燦爛地天門會開了。」
在我的童年，
母親這樣地對我講——

「那時候，我們要跪拜在地上，
祈求我們最大的願望。
那麼什麼願望都會實現的。
可是只有好人才能看見它，
所以我們要做個好人哪。」
母親這樣地對我講。

「好孩子，你的年紀這麼小，
我教你最好的願望吧——
『財、子、壽』就是了。
天門打開的時候，
你要馬上說出這個願望吧。」
母親這樣地對我講——

啊，有一天，天門會開了。
現在我長大可了解『財、子、壽』
可是我有更迫切的願望。
有一天，天門開了，
我要馬上說出我的願望：
「還給我永別的母親吧！」

＊一首母與子的詩，孩子時期母親描述的話語，勉勵孩子要做好人，才可以有機會祈求實現自己最大的願望。母親以「財、子、壽」教給孩子。但孩子長大、成年，更了解「財、子、壽」的意義以後，卻說天門開的時候，要向天上的神祇祈求還給永別的母親。

比起「財、子、壽」，母親才是最寶貴的。

人

一隻腳站在天堂，
一隻腳站在地獄，
所以在兩腳規頂點的臉面
有時笑著有時哭著了。

一隻手被天使拉著，
一隻手被魔鬼拉著，
所以在張力作用點的良心
有時被撕開一樣地疼起來了。

*以人形在描述人性。
人有雙腳，引喻站在天空，也站在地獄。有哭有笑，有悲有喜的

人生，反映在臉上。

人有雙手，引喻為分別被天使與魔鬼拉著。有時會被天使與魔鬼拉扯、撕開，良心會疼起來。

站在鏡子前面看看自己，看看手與腳，看看臉，摸摸心，想像自己。

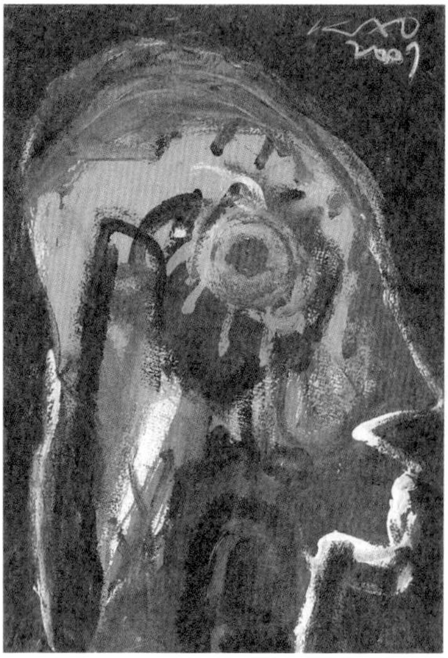

血氣運行

來還願的八家將

陳秀喜

覆葉和嫩葉的詩情

一九六〇年代末期，我走上詩之路途時，就認識寫詩的家庭主婦陳秀喜（1921～1991）。那時候，她正在從日文轉換到用中文表達、書寫的過渡階段。這位日治時期寫一些日文短歌、俳句的臺灣女性，想以中文實現她在詩之路途的願望，也因此成為臺灣詩壇的一個獨特存在。

在那不久，陳秀喜出版了詩集《覆葉》，其中許多作品環繞著一位母親的心境，呈顯的是母親對於子女的呵護，一種無怨無尤的疼惜。有時也不免有痛，那是更深的期待與關愛。之後她寫《樹的哀樂》《灶》《玉蘭花》……甚至散文隨筆集，也曾為女歌手寫歌詞。新竹市文化中心出版了她的全集。

日治時期畢業於新竹女子公學校的陳秀喜，成長於一個疼愛她的養父母的家庭。在時代的教養氛圍影響下，她喜歡文藝，養成了她短歌、俳句寫作的興趣。戰前的一九四二年到戰後的一九四六年，她隨丈夫旅居中國上海。回到臺灣以後，隨任職金融界的丈夫，居住過彰化、基隆、台北。後來，她長住關子嶺。

陳秀喜在一九七一年到她逝世為止，擔任「笠詩社」社長。但與其說她是一個詩社的領導人，不如說是許多年輕詩人的母親。一九七〇年代、一九八〇年代，更有許多年輕女性詩人或文化界女性，與她建立了深厚的關連。在臺灣的女性運動中，她成了某種視角。

一九九一年初，陳秀喜因病逝世。當年，我即受其長女之託，主持「陳秀喜詩獎」計畫，為期十年。獎勵了杜潘芳格、利玉芳、江自得、瓦歷斯・諾幹、詹澈、林建隆、李元貞、江文瑜、張芳慈、蔡秀菊，六女四男共十位詩人，彰顯她的另一種母愛。

家庭主婦、母親，臺灣女性的角色投影在陳秀喜的詩人生涯。她的時代性和社會性反映在詩業裡，以覆葉和嫩葉觀照的作品情境，隱然亮著文學的光。

＊詩的禮物／陳秀喜　詩

・覆葉
・嫩葉——一個母親講給兒女的故事
・樹的哀樂
・臺灣
・灶
・花絮
・也許是一首詩的重量

覆葉

繫棲在細枝上
沒有武裝的一葉
沒有防備的
全曝於昆蟲饑餓的侵食
任狂風摧殘
也無視於自己的萎弱
緊抓住細枝的一點
成為翠簾遮住炎陽
成為屋頂抵擋風雨

倘若，生命是一株樹
不是為著伸向天庭
只為了脆弱的嫩葉快快茁長

田間默想

＊覆葉，其實意味的就是母親。覆葉與嫩葉，是母親與子女，是保護者與被保護者。

覆葉自己也是萎弱的，也是沒有防備的。昆蟲的侵食或是風的摧殘，都會使自己受到傷害，但是像翠綠的簾幕，也像屋頂，會遮住炎陽，會抵擋風雨。

母親的話語這樣說，自己的生命不是為了伸向天庭的一株樹，而是為了嫩葉快快成長。化身為覆葉的母親，對於像是嫩葉的子女，真誠的呵護流露在話語裡。

嫩葉——一個母親講給兒女的故事

風雨襲來的時候
覆葉會抵擋
星閃爍的夜晚
露會潤濕全身
催眠般的暖和是陽光
摺成皺紋睡著
嫩葉知道的　只是這些——
當雨季過後
柚子花香味乘微風而來
嫩葉像初生兒一樣
恐惶慄慄地伸了腰
啊！多麼奇異的感受
怎不能縮回那安祥的夢境

又伸了背　伸了首
從那覆葉交疊的空間探望

看到了比夢中更美而俏麗的彩虹
嫩葉知道了歡樂　知道自己長大了數倍
更知道了不必摺皺紋緊身睡著
然而嫩葉不知道風吹雨打的哀傷
也不知道蕭蕭落葉的悲嘆

只有覆葉才知道　夢痕是何等的可愛
只有覆葉才知道　風雨要來的憂愁

*覆葉向嫩葉說的故事，母親向兒女說的故事。
孩子，睡吧睡吧！乖乖地睡吧！快快長大喲！這是母親的願望。
孩子從呱呱落地到成長，在過程裡常常只知道幸福、快樂的一面。摺成皺紋的嫩葉像剛出生的幼兒，等到稍微大了些，會探頭探腦，好像能從交疊的覆葉間隙探看世界。

現實和彩虹比夢中情境更美麗。成長的兒女知道歡樂，但覆葉會變老枯黃掉落，像年邁的母親。母親像覆葉，夢痕的可愛和風雨時的憂愁都知道！

樹的哀樂

土地被陽光漂白

成為一面鏡子

樹樂於看　八等身的自己

樹也悲哀過　逐漸矮小的自己

樹的心情　一熱一冷

任光與影擺布

陽光被雲翳

樹影跟鏡子消失

樹孤獨時才察覺

扎根在泥土才是真的存在

認識了自己

樹的心才安下來
再也不管那些
光與影的把戲
扎根在泥土的才是自己

*陽光會造成影子。一株樹因為陽光斜射，照在地面的影子很長很長，感到自己高大、覺得高興。但太陽運行，光源的位置變化，影子也會變短，甚至消失。光與影的關係，影響心情。

以樹譬喻人，外在的條件也會形成光與影的關係，如果只在意外在的看法，真實的自己不會存在。體認到扎根泥土才是樹的真實，更說明了人應該實實在在。

形如搖籃的華麗島
是　母親的另一個
永恆的懷抱
傲骨的祖先們
正視著我們的腳步
搖籃曲的歌詞是

他們再三的叮嚀
稻　草
榕　樹
香　蕉
玉蘭花
飄逸著吸不盡的奶香

海峽的波浪衝來多高
颱風旋來多強烈
切勿忘記誠懇的叮嚀
只要我們的腳步整齊
搖籃是堅固的
搖籃是永恆的
誰不愛戀母親留給我們的搖籃

＊〈臺灣〉這首詩，就是一九七〇年代膾炙人口的一首歌謠〈美麗島〉（梁景峰改編歌詞，李雙澤譜曲）。「華麗島」是日治時期日本人對臺灣的稱呼，有南國情調的頌揚意味。

臺灣，在詩人陳秀喜的心目中，像母親、像搖籃，會提供豐富的物產，也會保護生活在這塊土地上的人們安居樂業。人們也愛臺灣這個島嶼，因為這也是母親留給我們的搖籃。

灶

百年以後
大家都使用瓦斯
人們只知道工業用的煙囪
不知道曾有泥土造的灶

灶的肚中
被塞進堅硬的薪木
灶忍受燃燒的苦悶
耐住裂傷的痛苦

灶的悲哀
沒人知曉
人們只是知道

詩句中的炊煙
孊娜美麗——

*農業時代，廚房裡用土灶烹煮；工業時代，瓦斯、電力取而代之。消失的農業時代生活經驗，如同消失的記憶。

這首詩也寫女性。承受懷孕、生產的母性苦痛，也不被真正記憶。過去的炊煙在詩句裡被吟誦，那麼孊娜美麗的景致背後，其實有不被知曉的辛苦。

華麗的生活中想從前

花絮

抱著一粒小種子
柔細的花絮飄進來
她有能開花的細胞
她有扎根的本能
沒有擇地的權利
沒有方向的意見
任風輕盈得無奈
任風放棄而不安
竟落在我的書桌上

書桌上沒有土壤
書本上沒有土壤
不能供她繁榮

當我的手伸出
她如羽毛　飄飛而去

有時候風是她們的恩人
有時候風是她們的罪人
希望仁慈的風送她到有土壤的地方

願今夜夢見
她擁有一個肥沃的花園

＊女性對女性的同情。以家居中一個女子與一粒飄飛進來又飄飛出去的花絮之間，形塑關懷的心意。

傳統上，女性的一生取決於男性，沒有命運的主體性。特別是東方社會，更是如此！

但期待自我改變，並不如期待影響命運的條件。風是影響因素，土壤則是影響的實質。

女性對女性的同情寄託在風，盼望風把花粲送到有土壤的地方。

也許是一首詩的重量

高傲的大樹有雷劈的憂慮
常被踏殘的小草不羨慕大樹
小草重整根和葉期望屹立的歡呼
梅花不嘆形小滿足自己的芬芳
不妒玫瑰多彩多刺的豔麗
古人自大自然得到和平的啟示
黑暗之後晨光出現既不稀奇
煩惱之後邁進智慧的時代來臨
詩擁有強烈的能源，真摯的愛心
也許一首詩能傾倒地球
也許一首詩能挽救全世界的人
也許一首詩的放射能
讓我們聽到自由、和平、共存共榮

天使的歌聲般的回響

*即使在作品裡洋溢著對子女的愛，充滿女性心，但對於自己追尋的詩是充滿信念的。以大樹、小草、梅花、玫瑰……大自然中植物的特徵，引喻和平的啟示。進而對於新時代、新世界的面向有所對應，把詩的效用放到一個極致的高點，認為詩有真摯的愛心，有強烈的能源、能傾倒地球，挽救全世界的人。

天使的歌聲傳頌的是自由、和平、共存共榮。反映的是異於男性的權力征伐，一種女性心擁抱的世界觀。

在密林的鼓手之歌

陳千武

一九六〇年代末，我走上詩人之路時，就認識詩人陳千武，他有另一個筆名：桓夫，而本名是陳武雄。日治時期就以日文發表詩作的他，和一些相同際遇的詩人從日文而中文，被稱為跨越語言的一代。詹冰、林亨泰、錦連、羅浪……都屬於這一世代，而且他們都在一九六四年創辦發刊的《笠》陣營。

初識陳千武時，他是《笠詩刊》的主要執事者，承擔了編務和經理事務，而我和他的長子陳明台相同世代，正在詩人之路的出發期。不只我，我們同世代參加了《笠》陣營的拾虹、鄭炯明、陳鴻森、郭成義……也都和陳明台一樣，感受到父執之情。

出生於一九二二年，南投名間人，畢業於台中一中的陳千武，學生時代就有不服從威權的行止，曾經反抗日本教師不合理管教而發動在學校餐廳的拒食。太平洋戰爭時期，他被徵召至南洋當臺灣人日本兵。戰後，在林務局的林區服務，後來在台中市政府工作，在民間捐助興建的全台首座台中文化中心擔任主任，促成政府在全台各縣市成立文化中心。台中文化中心改制文英館後擔任館長，一直到退休後，仍然在靜宜大學設立臺灣文學系後兼課任教。

因熟諳日文，陳千武除了寫詩，寫小說，他也從事日本詩的譯介，推動

臺灣和日本、韓國之間的詩歌交流，著作或譯作很多，二〇〇五年獲頒國家文藝獎。在他人生相關的縣市：台中市、南投縣、台中縣，都獲地方的回應，給予殊榮，可以說是屹立在中臺灣的文學學光。

陳千武對於詩持有崇高的信念。他曾經這樣自述：「一、對於飛翔自由世界的夢幻，樹立理想鄉的憧憬；現實的醜惡常變成一種壓力，以各種不同的手段，挾制著人存在的實際生活，導致人於頹廢，甚至毀滅的黑命運裡，迷失了自己——感受這種醜惡壓力，而自覺某些反逆的精神，意圖拯救善良的意志與美，我就想寫詩。二、認識自我，探求人存在的意義，將現存的生命連續於未來，為具備持久性的真、善、美而努力；就必須發揮知性的主觀的精神，不斷地以新的理念批判自己；並注重淨化自然流露的情緒，但不惑溺於日常普遍性的感情，而追求高度的精神結晶——我想以這種方式，獲得現代詩真正的性格。」

一個持續其一生追求詩的詩人，彰顯在作品裡的是他一貫的信念。

＊詩的禮物／陳千武　詩

・雨中行
・鼓手之歌
・密林
・春喜
・平安——我的愚民政策
・銅鑼

雨中行

一條蜘蛛絲　直下
二條蜘蛛絲　直下
三條蜘蛛絲　直下
千萬條蜘蛛絲　直下
　　包圍我於
——蜘蛛絲的檻中

被摔於地上的無數的蜘蛛
都來一個翻筋斗，表示一次反抗的姿勢
而以悲哀的斑紋，印上我的衣服和臉
我已沾染苦鬥的痕跡於一身

母親啊，我焦灼思家

思慕妳溫柔的手，拭去
纏繞我煩惱的雨絲——

*蜘蛛絲是雨絲。下雨天，離家在外求學的青年，以雨絲喻煩惱之絲。在雨淋的情境中，把青春期的心情投射在其中。母親的手是溫柔的手，會拭去煩惱的雨絲，彷彿千萬條蜘蛛絲的纏繞，煩惱可以想見。下雨天，走在雨中，感受雨絲的包圍，尋求母愛的慰藉。

鼓手之歌

時間。遴選我作一個鼓手
鼓面是用我的皮張的。
鼓的聲音很響亮
超越各種樂器的音響。

鼓聲裡滲雜著我寂寞的心聲
波及遠處神秘的山峰而回響
於是收到回響的寂寞時
我不得不，又拚命地打鼓……

鼓是我痛愛的生命
我是寂寞的鼓手。

*鼓手之歌就是詩人之歌。

以打鼓比喻寫詩，用自己的皮張的鼓面，述說著以生命寫詩的心情。寂寞的心聲透過鼓聲波及遠處山峰，但回響只是寂寞。不斷地敲打著鼓，不斷地在回響的寂寞裡又再度敲打，詩人之路就像這樣。

詩人之歌就是鼓手之歌。

密林

竄進密林
伸直雙臂　像
杉木的枝幹　挺直擎天
欲踢開朽葉重疊的陋習
而千萬層的年輪鬱悒　封鎖我
於停滯的歷史
樹與樹之間　遍布空虛

世紀的風雨沉澱在此
只是靜待亞熱帶的蓓蕾綻放
新的年輪又開始呼吸……
我不是異教徒
密林啊　把快樂告訴我

密林啊　把愁悶告訴我

＊曾經在林場任職的詩人與森林有深切的關連，密林就是濃密森林的意思。在密林裡，伸直自己的雙臂、自己也像一株樹。

踏著腳下的落葉，想像那是社會的積弊陋習，歷史的停滯是因為陋習積弊的影響。在密林中，感受到自己生存的二十世紀，風風雨雨沉澱在歷史裡。期盼新的年輪和綻放的蓓蕾有新的生命，不是異教徒的自己向密林喊話，希望分享快樂，分擔愁悶。

春喜

她叩頭　祈禱　抽籤
篤　篤　她的高跟鞋移動
在供壇與香爐之間
她的虔誠　以及
她的願望燒紅了一束一束賄賂
從金紙亭　篤　篤
回到媽祖的纏足下跪拜……

（象杯）她俯伏
拾取弓月形搏筊的時候
（象杯）她俯伏
拾取欺騙自己錯覺的時候
她那彪大的臀部就遮掩了

媽祖的金身——

＊一首嘲諷戲謔在廟裡抽籤求福的詩。「春喜」可以是一個女人的名字，也可以連帶「春」「喜」兩個相關於春聯的字詞。

以一個祭拜女性的形影，加上廟裡的籤詩、擲筊，繪聲繪影的情狀。女人的臀部和媽祖金身重疊，以一束一束賄賂比喻金錢的批評性質，詩人的視野裡描述的是風俗裡場景，呈顯的是不以為然的批評意識。

平安——我的愚民政策

我希望你信神
雖然
我無信仰
但是
我喜歡你信神
……
你就
不再跟我吵鬧了

*拜神祈求平安，有時候近乎迷信的風俗，在詩人眼裡含有社會的病理。以「我的愚民政策」做副題的這首詩，對象的指謂是女性，

既有男對於女的關係，也有統治權力對於一般人民的關係。這樣閱讀，這首詩的意涵就更為突顯了。

詩人既批評迷信，在詩集《媽祖的纏足》更是鮮明；但他也批判了造成這種情形的統治權力。〈平安〉因而具有政治批評的意味。

銅鑼

在文化的裡面
都市的枝椏一直伸向天空伸向田園
在天空
有小鳥的歌唱
但人人早已忘掉了唱歌
在田園
有蝗蟲的飛跳
但人人都熱中於撒布毒藥呢
工廠的黑煙在天空描繪黑影
比黑煙更險惡的人心的不信
使天空暗淡
敲打信仰媽祖的銅鑼
天空會轉晴嗎？

敲打銅鑼
招來災禍的天狗會逃掉嗎？

向文化的裡面
逃去的，是誰？
敲打銅鑼呀！
敲打心胸呀！

＊陳千武詩裡的文化論是他反抗醜惡、追求真實的表現，也是他的文明批評視野。他曾在詩裡提及泰耶魯精神（泰雅原住民的素樸性力量）以及盎格魯撒克遜精神（西方文明），文化意味在詩人的視野裡是進步的、善美的力量，而不是在迷信裡敲打銅鑼。

都市化、工業化的社會，存在著環境生態的污染，反映的是人心受到的破壞。文化才是重要的力量，不是迷信中的祭拜。

一株會開花的女人樹

杜潘芳格

杜潘芳格（1927～）是稍晚於陳秀喜（1921～1991）的跨越語言一代女詩人，日治時代畢業於台北女高。二戰後，在一九六〇年代末期，逐漸克服語文障礙，用通行中文寫詩，但日語仍然是她的主要思考工具，甚至比客語更重要，雖然她也用客語寫詩。

初識杜潘芳格，是在她開展戰後用中文寫作的一九六〇年代末期。晚她二十年出生的我，也在那時走上詩人之途。自由寫作，並在丈夫的診所幫忙打理。虔誠基督徒的杜潘芳格保有深沉的信仰心，流露在詩裡的教養性和人性的善美，讓人感動。

記得，初識她時，在她中壢家裡的書架，看到她的《世界思想家大系》，深刻的印象和她在詩裡流露的思想性，連帶在一起。擁有思想的深刻性，但並無法得心應手地使用通行中文書寫；具有生活與信仰的真摯性，卻面對現實社會的迷亂，可以想像她的內心在調和衝突時的感受。

一九七〇年代末期，陳秀喜受到女性運動領域朋友的重視，隨後在一九八〇年代，杜潘芳格也常常和陳秀喜一同被提起。陳秀喜過世後，我主持的「陳秀喜詩獎」，在第一屆（一九九二年），頒給杜潘芳格，給予她一種遲來的肯定。對照著她的詩集《慶壽》《淮山完海》《朝晴》《遠千湖》《青鳳蘭波》《芙蓉花的季節》，以及日文詩集《拯層》，反映的是跨越語言一代的困頓。

面對語言的困頓狀況，杜潘芳格反而能夠思考語言的本質，她說：「攝取過多的語言，反而難以整理而痛苦。有時為了過分保重語言，會使語言陳腐生苔，不得不把語言從思想的抽屜裡，拿出來曬太陽或換掉。」她不像一些濫用語言的書寫者，反而讓人在她作品裡讀到真摯本質。

已經是祖母級的詩人了，在客家文化領域裡被表彰，在臺灣文學領域，也獲頒真理大學福爾摩沙文學桂冠。儘管歷史的滄桑在她文學生涯烙印著，但她的詩存在於對善美與真實懷有憧憬的人們心裡。

我曾以〈死與生的抒情〉比較杜潘芳格和陳秀喜這兩位跨越語言一代的女詩人。她們出生於日治時代，在教育中得到的文化教養流露在詩作裡，異於戰後的文化氛圍。死的抒情，是說杜潘芳格詩中有嚴肅的生活凝視，一種在陰影裡探視著光的詩情；而生的抒情，意味的是陳秀喜詩中流露的寬容母性，以及對觀照對象的扶持呵護。兩種典型，在戰後臺灣的女性詩中都具有獨特性。

＊詩的禮物／杜潘芳格　詩

・聲音

・平安戲

・紙人

・葉子們

・鳳凰木開花了（客語詩）

・母地

・一隻叫臺灣的鳥

聲音

不知何時，唯有自己能諦聽的細微聲音，
那聲音牢固地，上鎖了。

從那時起
語言失去了出口。

現在，只能等待新的聲音，
一天又一天，
嚴肅地忍耐地等待。

＊當做語言轉換的困頓也好，當做二二八事件的困厄也好，這首詩以聲音牢固上鎖，語言失去出口做為情境，描繪等待新的聲音的嚴

肅心情，以及忍耐心情。既見證著社會集體的困境，也見證著詩人自己的心情。在等待新的聲音的情境，更可以視為各式各樣困厄下，人們的心情。

平安戲

年年都是太平年
年年都演平安戲

只曉得順從的平安人
只曉得忍耐的平安人

圍繞著戲台
捧場著看戲
那是你容許他演出的。

很多很多的平安人
寧願在戲台下
啃甘蔗含李子鹹

保持僅有的一條生命
看
平安戲。

*演戲酬神，燒香拜佛，在詩人眼裡看到的臺灣人是追求平安的人。只曉得順從，只曉得忍耐。

戰後史的二二八事件，一九五〇年代白色恐怖，政治困厄下的處境讓許多臺灣人在屈服中生存。為了保持一條生命，在權力體制的容許下，成為順民。帶有批評，也有反思。

平安符

紙人

地上到處是
紙人
秋風一吹
搖來晃去。

我不是紙人
因為
我——
我的身軀是器皿
我的心就是神殿。
我的腦袋充滿了天賜的恩惠。

紙人充塞的世界
我尋找著
像我一樣的
真人。

＊沒有信念的人是空洞的人，像是紙人。具有信念的真人，看到世界充塞著無意志、無真摯感情的人們，加以批評。但也尋找像自己一樣的真人。與〈聲音〉的嚴肅等待相比，再與〈平安戲〉的觀察與批評相比，這首詩呈現有信念的人的自覺。

葉子們

葉子們
知道自己的清貧
也明白　自己的位置搖晃不安定
有時候確實也虛偽地裝扮自己

葉子，葉子們
終究　要把自己還給塵土
那燃著夕陽紅燄逝去的一剎那

葉子們
相信　聖經上的每一句話
都是創造的葉子
不是人造的葉子

*葉子像人，也是生命，也有還給塵土的時候。

一位基督徒，想像自己的生命像葉子，她觀照葉子們的心境，也想像自己。終究要死去，也希望是在夕陽紅燄的一剎那，一種美的憧憬。不是花，而是葉，創造的葉子是有生命的，不像人造的葉子沒有生命。

為弱勢孩子
點一盞學習的路燈

——理事長 吳念真

為了孩子藝術的第一哩路
我們走遍台灣各地鄉鎮
讓文化刺激沒有城鄉差距
之後我們承諾繼續創造歡笑
給全台灣的每一個孩子
但是 在巡演的過程中
我們驚覺
許多偏鄉弱勢的孩子
在下課之後
沒人關心他的學習和功課
漸漸的
他 跟不上老師的進度
孩子再也沒有學習的意願了
受教育變成痛苦的事情

讓我們來提供一個長期深耕的協助
點亮這些孩子未來的希望
讓孩子在放學後
有個溫暖的地方
等待他放學
陪伴他學習
分享他的喜怒哀樂

懇請您加入**「免費課輔——孩子的秘密基地」**專案，
讓孩子們在學習的道路上，有您陪伴，不再孤單。

中華民國快樂學習協會

社團法人中華民國快樂學習協會【孩子的秘密基地】信用卡定期定額捐款單

請將此單填寫後傳真到（02）2356-8332，或是利用右方 QR Code 直接上網填寫資料。謝謝！

捐款人基本資料

捐款日期：＿＿＿＿年＿＿＿＿月＿＿＿＿日

捐款者姓名：

是否同意將捐款者姓名公佈在網站 □同意 □不同意（勾選不同意者將以善心人士公佈）

訊息得知來源：

□電視／廣播：＿＿＿＿＿＿　□報紙／雜誌：＿＿＿＿＿＿

□網站：＿＿＿＿＿＿　□親友介紹　□其他：＿＿＿＿＿＿

通訊地址：□□□－□□

電話（日）：＿＿－＿＿＿＿　電話（夜）：＿＿－＿＿＿＿

行動電話：

電子信箱：

（請務必填寫可聯絡到您的電子信箱，以便我們確認及聯繫）

開立收據相關資料

因捐款收據可作抵稅之用，請您詳填以下資料，於確認捐款後，近期內將寄發收據給您。本資料保密，不做其他用途。

收據抬頭：

（捐款人姓名或欲開立之其他姓名、公司抬頭）

統一編號：

（捐款人為公司或法人單位者請填寫）

寄送地址：□ 同通訊地址　□□□ - □□

（現居地址或便於收到捐款收據之地址）

信用卡捐款資料

□ **孩子的秘密基地專案　每月 3,000 元**　□ **陪伴專案　每月＿＿＿＿元**

捐款起訖時間：＿＿月＿＿年 到＿＿月＿＿年

★持　卡　人：＿＿＿＿　★發卡銀行：＿＿＿＿　★信用卡卡別：＿＿＿＿

★信用卡卡號：＿＿＿＿＿＿＿＿

★有 效 日 期：＿＿月＿＿年　★持卡人簽名：＿＿＿＿＿＿（需與信用卡簽名同字樣）

★信用卡背面末三碼：

社團法人中華民國快樂學習協會

100 臺北市中正區重慶南路二段 59 號 5 樓　電話：（02）3322-2297　傳真：（02）2356-8332

官方網站：http://afterschool368.org　E-mail：service@afterschool368.org

FB 粉絲專頁：https://www.facebook.com/afterschool368

鳳凰木開花了（客語詩）

盛夏　烈日　蟬叫　風涼
相思樹ㄍ小黃花統統散落地後，
豔麗紅色ㄍ鳳凰花開了

一ㄍ一ㄍ出世來
一ㄍ一ㄍ轉去了。

山色未變蔚藍天
白雲一朵一朵浮過去

看係開花ㄍ倨
開花畀倨看ㄍ係
明夏會不會再相見呢？

笑容雅柔，恁得人愛惜ㄟ鳳凰花
盛開了。

*註
偓：我（音GAI）
ㄟ：的
係：是
轉去：逝世的意思
畀：被（音PUN）

*詩人曾寫過一首相思樹，並說像自己，是女人樹。相思樹落花後，鳳凰花開，這是盛夏的場景。看著鳳凰花開，彷彿一個一個出生的生命，但花開花落在瞬間，彷彿一個一個逝去的生命。山色、天空、白雲，襯托的風景彷彿人生的布景。人問花，花問人，明年夏天還會相見嗎？鳳凰花的美麗景致讓詩人想像人生之境。

母地

往鄉下去傳福音，回來的晚上
關上私房門，跪下問耶穌
我，今天這樣做
主，你高興嗎？
主，您有滿意嗎？

那裡爽朗的翠綠水稻茁長
白鷺鷥的翼膀映照大蕾青桐白花，
木棉花盛開滿樹，相思花也綻黃金色了。
綺麗的臺灣，我的母地
綠茵默默地承著春雨

耶穌回答說

是，我很高興！

再說……

我會愛你！保護你和環繞你的一切一切。

＊一位女性，一位基督徒，把臺灣視為母土，藉由在鄉下傳播福音的行止，與耶穌對話。綺麗的臺灣，是詩人的母地。正值春天，綠茵承受春雨，默默地，彷彿承受天賜的恩澤。水稻在茁長，白鷺鷥的姿影映照青桐白花，木棉花開，相思花開。春天的臺灣風景煥發著生命力。探詢耶穌心意的詩人，聽到的回應是，耶穌會愛這樣的人，會守護這樣的人和生活所繫的臺灣。

一隻叫臺灣的鳥

只因羽毛未豐，翅膀緊貼體軀，
睜眼仰望天空。
蒼天下、大地上
堆積如山的破爛，
早晚
瀰漫混濁霧靄的天空，
越是高處，越迷濛。
清流已斷絕
相思小花流過的黃金水流淤積著污泥，
依然沖不走的是
那萬股污泥般的奔流。
到底是：東、南、西、北？
何處得以立足？

當羽毛已豐，正欲展翅而起的時候。
不，那絕不屬於彼岸，
那是一隻叫臺灣的鳥，
叫臺灣的翅膀。

＊對臺灣懷有深刻的愛，但臺灣的環境受到污染。混濁的天空，大地上堆積著如山的破爛。清流斷絕，相思在流過的溪水淤積污泥。

詩人喟嘆自己深愛的母土受到污染。一個新興國家正要起飛，像一隻鳥要振翅飛翔。這是一隻叫臺灣的鳥。認同自己的國度，堅持主體性，寄望於自己的國度興起。

美麗島頌歌

楊喚

楊喚（1930～1954）的人生是短暫的，他只活了二十五歲。本名楊森的他，是一九四八年隨軍來台的中國遼寧人。在陸軍部隊擔任文書上士的這位詩人，文學的人生幾乎都在臺灣——在他心目中的美麗島，寫下來的。

〈二十四歲〉是楊喚的一首詩，詩中詢問著自己的結尾，從頭到尾的行句，引述自然中的小馬、海燕、樹，流露追尋善美與遭遇挫折的心境：「白色小馬般的年齡。綠髮樹般的年齡。微笑的果實般的年齡。海燕的翅膀般的年齡。可是啊，小馬被飼以有毒的荊棘，樹被施以無情的斧斤，果實被害以昆蟲的口器，海燕被射落在泥沼裡。Y．H！你在哪裡？Y．H！你在哪裡？」

楊喚的一首詩〈花與果實〉，我選輯在我為國立編譯館主編的「青少年臺灣文庫」新詩讀本裡，並引為書名。「花是無聲的音樂，果實是最動人的書籍，當它們在春天演奏，秋天出版，我的日子被時計的齒輪給無情地嚙咬，絞傷；庭中使飛散著我的心的碎片，階下就響起我的一片嘆息。」這樣的詩，在青少年閱讀者的心目中，會受到喜愛，相信也會讓接觸詩的人們喜愛。

楊喚生前發表的作品有限，大多是詩。他的友人歸人，編纂的《楊喚全集》（洪範書店出版）收集之作品，包括詩、散文、童話、日記、書簡以及紀念文字、手跡，六百頁的遺作，呈顯一位早逝詩人的光輝。

一九五四年三月七日，楊喚在台北西門町火車平交道死於火車車輪下。他所頌讚的臺灣，在他熱愛的文學，留下心的見證。他的臺灣組曲印記著這個島嶼的地理風情，成為詩人的美麗島頌歌。

短暫的人生、豐富的生命，楊喚的詩之路途，就如同他〈我是忙碌的〉這首詩的描述：「我忙於搖醒火把，我忙於雕塑自己；我忙於擂動行進的鼓鈸，我忙於吹響迎春的蘆笛；我忙於拍發幸福的預報，我忙於採訪真理的消息；我忙於把生命的樹移植於戰鬥的叢林，我忙於把發酵的血釀成愛的汁液。」

美麗島頌歌是楊喚描繪、歌頌臺灣場景相關的詩篇，流露詩人純真的抒情，在一個詩人的純真年代，一些感傷，但更多的是美麗。

＊詩的禮物／楊喚　詩

・檳榔樹
・椰子樹
・犁
・島上夜
・美麗島

檳榔樹

星的金耳環，月的銀梳，
都是那些拜金主義者送妳的禮物；
高貴的長裙，曳地的晚禮服，
那是愛情病患者們用想像的輕紗給妳縫就的。

不要左右搖擺了罷。
不要迎風起舞了罷。
我不要吻妳這活在夜生活裡的貴婦。
我要帶著一支微笑的紅燭去向向日葵求婚，
請蟋蟀收拾起他的藍色小夜曲，
請小河不要朗誦詩句，
我只要用燭火點亮我的山歌，
直到我的歌聲引來那抬起頭來的日出。

＊把檳榔樹在有星星、有月光的形影比喻為活在夜生活的貴婦。星光、月光探照的形影，在詩人心目中關連的是拜金主義者、愛情病患者。檳榔樹在風中搖擺、起舞，這些都不是詩人愛慕的。詩人喜愛的是向日葵迎向日出的形象。在蟋蟀鳴叫的夜晚，在小河的流淌聲，詩人靜靜地點亮的是燭火。日出時，向日葵全抬起頭。

椰子樹

像披著如絲的長髮的少女，
椰子樹嬌羞的站在寂寞的窗口。
默默地凝視著她，凝視著，
因為，我今天異常的需要溫柔。

不必給她寫長長的信，
也不必陪她去月下輕輕的散步，
她知道怎樣愛著我，
也知道怎樣愛著小樓。

＊在小樓的窗口旁，椰子樹就在眼前。詩人以少女比喻椰子樹，不同於對檳榔樹的觀點，椰子樹是嬌羞的、披著如絲的長髮。

默默地凝視椰子樹，期待從那兒得到需要的溫柔。近在咫尺，不必費神寫信；也不必相陪散步。擬人化的椰子樹，是愛慕的她，似乎這個她愛著我，也愛著小樓。

犁

密集著的是甘蔗的隊伍。
成熟著的是稻的彈粒。
沉默著的是像地雷般的鳳梨。
香蕉姑娘害羞的懷孕幸福。
椰樹少女熱烈的擁吻自由，
這裡的土地呀，在酗著陽光的火酒……

犁呀，是帶來祝福和營養的使者，
不再是用我們的痛苦來餵養的農具；
牛啊，是和我們分享甜蜜的朋友，
不再是駕著沉重的軛的奴隸；
今天，在一切都開花和歌唱的日子裡。

*甘蔗、稻、鳳梨、香蕉、椰子……在熱帶的臺灣，農作物產是豐富的，這裡的土地在豔陽下，享育多樣的果實。

耕作時，牛拖著犁在勞動，駕在牛身上的軛是沉重的。但收穫的季節，犁成為帶來祝福和營養的使者，而牛也成為分享甜蜜的朋友。

有耕耘，才有收穫。收穫日是開花和歌唱的日子。

島上夜

童話般的夜呀，
在閃動著無數隻燈的眼睛。

不是失眠，
我是在透明的夢裡醒著，
聽列車載著夜
向金色的黎明。

像秋天
成熟著紅色的果實，
島上夜
正成熟著我們的回家的夢。

像青春的少女
成熟著迷人的乳房，
島上夜
正成熟著明天的風景。

＊離開中國大陸的故鄉，隨軍隊流亡來台的詩人，因為思念家鄉，有回家的夢，也有失眠的苦惱。

在臺灣這個島嶼的夜晚，詩人在失眠時，想像自己在透明的夢裡醒著。南北縱貫線的夜行火車，出現在詩裡，似乎引喻生活場景的周邊有鐵路經過。列車載著夜，奔向金色的黎明。日以繼夜的時間，正是詩人失眠經歷的夜晚。

以成熟著我們回家的夢和成熟著明天的風景，島上夜描述的秋天和青春少女，一是自然場景，一是人生風景。紅色果實和迷人乳房的形象呈顯夢的形影。

美麗島

有藍色的吐著白色的唾沫的海
小心地忠實地守衛著，
寒冷的冰雪永遠也不敢到這裡來。

有綠色的伸著大手掌的椰子樹
緊緊地拉住親愛的春天，
美麗的花朵永遠成群結隊地開。

在這裡
小朋友們都像健康的牛一樣地健康，
在這裡
小朋友都像快樂的雲雀一樣地快樂。

你來看！
小妹妹是夢見香蕉和鳳梨在街上跳舞了吧？
要不怎麼睡在媽媽的懷裡
還是不停地微笑？

你知道這裡是什麼地方嗎？

告訴你，她的名字叫臺灣，
是甜蜜的糖的王國，
是童話一樣美麗的，美麗的寶島。

*從前，葡萄牙水手在航經臺灣時，驚喜地歡呼「Ilhas Formosa!」啊！美麗之島。異於大陸的中國，臺灣是一個海島，在太平洋西南邊呈顯一個美麗的島嶼國家形象。

這首詩，不像臺灣女詩人陳秀喜詩〈臺灣〉改編的歌謠「美麗

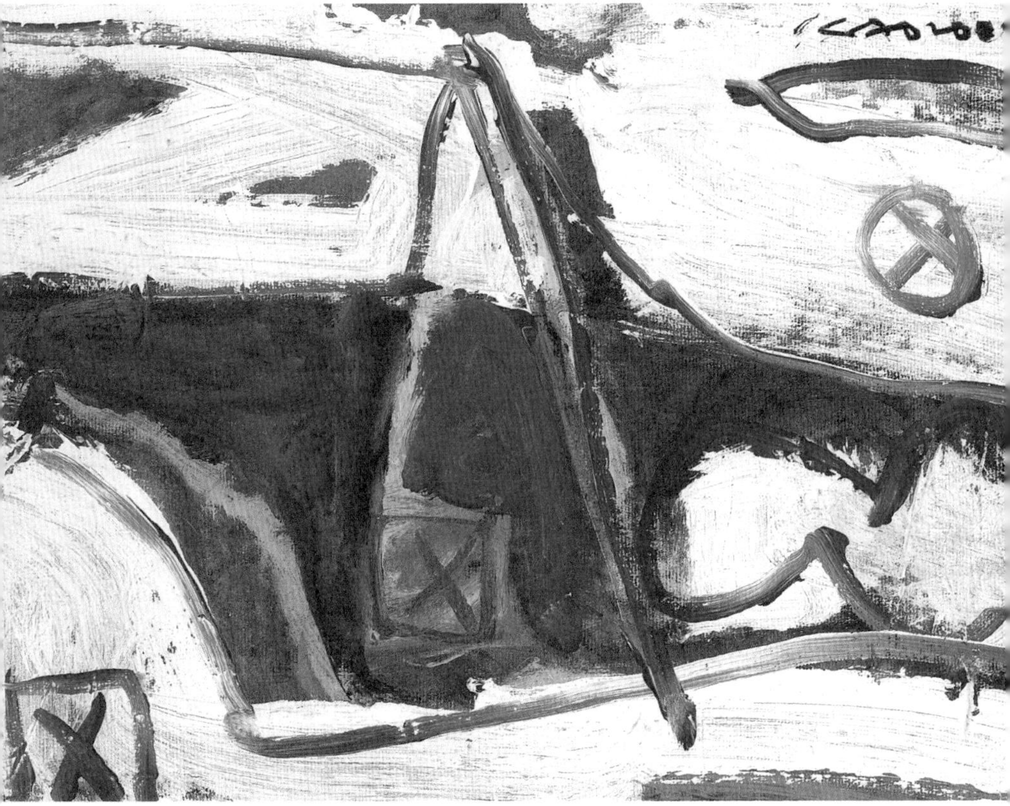

海邊的晒鹽場

島」（李雙澤譜曲）的自我認同，顯現的是類似葡萄牙水手在發現臺灣時的頌讚之聲。

從南國的溫暖到綠色大地情境，到孩童的健康、快樂，在牛和雲雀，香蕉和鳳梨的自然景象中，洋溢著生命的喜悅。

詩人以甜蜜的糖的王國和童話一樣的美麗寶島形容臺灣。

跳躍的語言精靈，動心的自由之歌

非馬

非馬（1936～），是一位科學家，與一般文史學界的詩人不一樣，他沒有文化傳統的羈絆，語言對他而言就像科學裡的元素。

出生於台中市的他，本名馬為義，原籍中國廣東，日治時期家人以僑民身分來台從事藥材的生意。二戰開始前，他隨家人遷回廣東的家鄉，一九四八年一部分家人隨父親再度來到臺灣，卻因為一九四九年的中國易幟，而與母親及部分家人分隔海峽兩岸，成為國共內戰歷史的見證人。

我認識非馬時，他已從美國威斯康辛大學取得核工博士學位，在芝加哥的阿岡國家研究所從事能源與環保研究。學生時代喜歡文學的他，一九六〇年代末期以詩的創作和翻譯，參與了《笠詩刊》的詩運動。

非馬也許是戰後在臺灣譯介最多歐美詩的一位詩人和翻譯家。科學家的他，以白話漢字中文的乾淨俐落，營造出和拘泥於文言文的泥古美意識不同的思維，他的詩有一種明亮的幽默感，與一般潮濕黝暗的文體不同，顯現不受傳統拘束的敘述風格。

白馬非馬，他的筆名帶有悖論和諧趣。他譯介的外國詩也大大超過一般研究外國文學學者的學院界限，觸及的面向很寬廣，為一般學者所不及。

記得非馬曾在一次受訪中提及：「對人類有廣泛的同情心與愛心，是我理想好詩的首要條件，同時，它不應該只是寫給一兩個人看的應酬詩，那種詩寫得再工整，在我看來也是一種遊戲與浪費。其次，要能化腐朽為神奇，賦日常街頭的語言以新的意義。還有一個要素，是在適當的時候，給讀者以一種驚奇的衝擊。」

出版過詩集《在風城》《非馬詩選》《白馬集》《非馬集》《路》，也編選過《臺灣現代詩四十家》《臺灣現代詩選》的非馬，對情詩有他的形式與精神觀。這些年來，在他從核工場域退休後，兼事繪畫，並且更積極在他的旅居地芝加哥參與當地的詩活動，也相當關心臺灣的詩狀況。

讀非馬的詩，常讓人會心一笑。跳躍的語言精靈在他詩的行句裡，彷彿唱著自由之歌，令人動心。他在異國的土地上，以詩連繫著他出生的土地，觀照並眷顧著他成長的一個島嶼國度。

＊詩的禮物／非馬 詩

．電視
．通貨膨脹
．鳥籠
．籠鳥
．魚與詩人
．今天的陽光很好
．反候鳥
．牛
．日出日落

電視

一個手指頭
輕輕便能關掉的
世界

卻關不掉

逐漸暗淡的螢光幕上
一粒仇恨的火種
驟然引發
熊熊的戰火
燒過中東
燒遍越南
燒過每一張

焦灼的臉

＊電視的國際新聞常常報導戰爭，開關電視是只要一個手指頭輕觸並能夠處理的事。但現實的世界並不因為關掉電視、看不見螢光幕的報導就不存在，特別是戰爭。一九六〇年代到一九七〇年初的越南戰爭，以及後來仍一直發生的中東戰爭，更是，戰火讓人焦灼，特別是相關的國度。

通貨膨脹

一把鈔票
從前可買
一個笑
一把鈔票
現在可買
不只
一個笑

*通貨膨脹的意思是鈔票發行多了，貶值了、錢薄了的意思。以笑來回應鈔票可以買到的程度，通貨膨脹應該是同樣兌現物需要鈔票更多。

但細心一讀，膨脹的是笑，而不是鈔票。笑，是說笑臉，是說見錢眼開的程度，越來越勢利眼，通貨膨脹在這裡說的是人的態度。

鳥籠

打開
鳥籠的
門
讓鳥飛

走

把自由
還給
鳥
籠

＊一句平常的話，但因為反喻而生動起來。一般都說，把自由還給鳥。但這首詩，故意說成還給鳥籠，因而有反諷的效果。

在不自由的時代，這樣的描述會指涉到現實政治。鳥籠會成為監獄，會引申出批評的指涉。真實詩的結尾，鳥和籠分成兩行並置，讀起來是鳥籠的詞語，但卻有鳥與籠的個別指謂。

籠鳥

好心的
他們
把牠關進
牢籠
好讓他
唱出的
自由之歌
嘹亮
而
動心

*鳥在籠子裡，唱出的自由之歌，嘹亮而動心。因此，把鳥關進籠子裡是好心的。因此，把人關進牢獄裡是好心的。

〈鳥籠〉是一種狀況的描述，而〈籠鳥〉則是反推論。這樣的推論帶有反諷，更具有批評的意味。

魚與詩人

躍出水面
掙扎著
而又回到水裡的
魚

對

躍進水裡
掙扎著
卻回不到水面的
詩人

說

你們的現實確實使人
活不了

＊魚生存的現實在水裡，而人生存的現實在水面所指謂的大地，但不滿現實的人，特別是詩人（楚國的詩人屈原投江，或許引發這首詩的想法。）想要尋求改變。對照出從水面躍出而又回到水裡的魚，讓人會心一笑。

人的現實，在魚的話語裡是「使人活不了」的。魚能回到水裡，但水裡的詩人卻回不到水面，更顯現出人的處境相對的困厄。

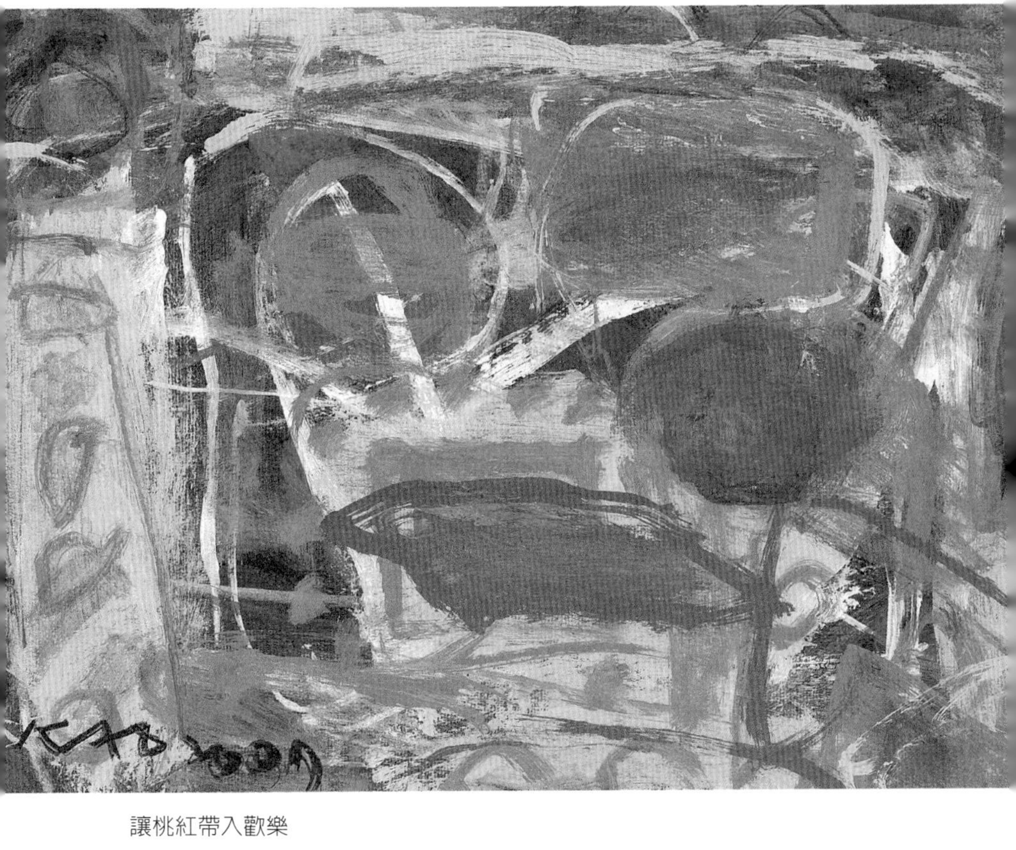

讓桃紅帶入歡樂

今天的陽光很好

我支起畫架
與致勃勃開始寫生

我才把畫布塗成天藍
一隻小鳥便飛進我的風景
我說好，好，你來得正是時候
請往上飛一點點。對，就是這樣
接著一棵綠樹搖曳著自左下角升起
迎住一朵冉冉飄過的白雲
而蹦跳的松鼠同金色的陽光
都不難捕捉
不久我便有了一幅頗為像樣的圖畫

但我總覺得它缺少了什麼
這明亮快活的世界
需要一種深沉而不和諧的顏色
來襯出它的天真無邪
就在我忙著調配著灰色的時候
一個孤獨的老人踽踽走進我的畫面
輕易地為我完成了我的傑作。

＊以一幅畫的形成，或一個場景的畫境相對照。其實，又是在繪畫的過程中，加入實境，形成視野。

太過天真無邪的明亮快活世界，需要一種深沉而不和諧的顏色來襯托，一個孤獨老人在畫面中加重了寫生圖的分量。說是畫畫，其實是觀照。陽光很好的日子，在自然的美景中，要有人生的想像，畫面才更為充實，更為真實。

反候鳥

才稍稍颳一下西北風
敏感的候鳥們
便一個個攜兒抱女
拖箱曳櫃，口銜綠卡
飛向新大陸去了

拒絕作候鳥的可敬的朋友們啊
好好經營這現在完全屬於你們的家園
而當冬天真的來到，你們絕不會孤單
成群的反候鳥將自各種天候
各個方向飛來同你們相守

*臺灣的綠卡現象在說明國家危機時刻的逃離問題，以候鳥比喻，政局稍有狀況，有一些會選擇寄居其他國家，特別是美國。但這首詩卻流露一種相反的關切之情。

因為留學、工作在美國的一些從臺灣出去的人們，反過來向留在臺灣的親人朋友喊話，說成群的反候鳥會在關鍵的時刻從不同方向飛回來相守。逃離和回返形成相對的選擇。

牛

牛的悲哀
是不能拖著犁
在柏油的街上耕耘
讓城市的孩子們
瞭解收穫的意義

牛的悲哀
是明明知道
牠憨直的眼睛
無法把原屬星星月亮的少年
從霓虹燈的媚眼裡引開

＊農業和鄉村對照工業和城市，是社會變遷的投影。現在的孩子們，在城市裡和從前在鄉村的孩子們，面臨的是不一樣的情境。自然被人造物取代，泥土路成為柏油大街，牛的耕耘關連的收穫，不被瞭解了。而從前的少年在霞晚的星星月亮，現在只是霓虹燈的光輝。變遷的社會，消失的自然。

日出日落

日出

畢竟
為宇宙的事
煩惱得
睡不著覺的
不只我一個人
看你的眼睛
也佈滿
血絲

日落
紅冬冬

掛在枝頭
是大得有點出奇

但滿懷興奮的樹
卻脹紅著臉堅持
這是他一天
結出的
菓

*日出和日落，兩種情境的太陽。

日出，用脹紅血絲的眼睛比喻，把太陽擬人化；日落，用結在樹上紅冬冬的菓的描繪。

日出，以人對人對話；日落以人對樹觀察。兩首詩的形式：日出齊底，日落齊頭，也各有所寄，帶有幽默感的素描。

白萩

冷卻成為砧上熬鍊的鐵塊

一九七四年春天，在當時西德的一家出版社，出版了臺灣詩人白萩詩集《臺灣之火》（Bai Chiw：Feuer Auf Taiwan, Genichte, Harlekin Press Pforzheim），是在海德堡大學留學的梁景峰和德國人富朗克合譯，以詩集《天空象徵》為中心的十三首詩。

梁景峰說：「《天空象徵》可以說是白萩技巧取向和內容取向分別極致發揮，又能融合一體的高峰……是日常的白話語言達到高度精鍊，精確有力的成功詩藝術。」在當代漢語詩歌仍然被文言迷障困擾的現象中，白萩的確開創了一個新的局面，在一九六〇年代末就為被批評為僵斃的臺灣現代詩，提供新的視野。

原名何錦榮的白萩，出生於一九三七年，是台中人，二戰後，才學習通行中文。十六歲，在台中商職就讀時，接觸新詩，開始發表新詩與散文，並且畫畫。十九歲時，以〈羅盤〉這首詩獲文藝協會第一屆新詩獎，與女詩人林泠一同被譽為天才詩人。

因緣際會參與了戰後臺灣現代詩運動，參與了《現代詩》《藍星》《創世紀》及《笠》的活動，並主編過《笠詩刊》。從一九五〇年代到一九八〇年代，出版了《蛾之死》《風的薔薇》《天空象徵》《白萩詩選》《香頌》《詩廣場》《風吹才感到樹的存在》《自愛》等詩集。在同輩詩人中，展現突出的位置。

一九六〇年代末期，我認識白萩時，他正在《天空象徵》的年代，以三十幾歲之齡與前世代並駕齊驅，在其後世代受到推崇。他一句「重要的是精神而不是感覺。」為詩的藝術立下標竿。而他「絕不在一個定點安置自己，我的歷程就是我的目的。」的求變求新，也彰顯在他的詩之路途。

我在一本《白萩詩選》的編選解說：「在冰雪象徵中的一株樹；在死亡象徵中的一隻鳥」，以「戰後臺灣詩的一個典型存在」喻其詩人位置。在一九九〇年代以後，因患了帕金森症，創作逐漸停頓的他，站在自己已完成作品的高度，確實有些孤高，但巡狩在戰後詩歷程的詩人們，在詩的版圖描繪裡不會缺少白萩。他的詩，常常會浮顯在閱讀的視野。

＊詩的禮物／白萩 詩

・夕暮
・冬
・牽牛花
・天空
・天空
・路有千條樹有千根——紀念死去的父母……
・樹
・廣場

夕暮

所有的光輝逐漸收斂。夕暮
在那高擁的嵐雲後，垂落眼簾
你觀望，在無形的急逝中
投入這一片蒼茫的莫名的時刻

往昔的一切，現在與未來
讓它靜止，就如停息在你
面頰上的一片夕陽
你感到所追求的是那麼廣大無際
而現在讓你輕易地將它觸及

於是你不再尋求這天地間對你有何關聯
活過，愛過，一切生長都把眼簾垂落

讓光輝散入無語的河中流入蒼冥……。

＊夕陽無限好，只是近黃昏，這是古詩的景致，留存在人們的記憶。這首〈夕暮〉，以人的孤單與天地之廣邈相對比，有哲學的靜觀。不只空間，過去、現在與未來的時間，也一樣像是停息著。既連帶也脫離，人與天地的動靜在夕暮之際，是那樣讓人深思。

冬

我們逐漸的冷卻
成為砧上熬鍊的鐵塊
沒有形式的欲求
只是固守著本質

我們漸漸的脫棄外衣
裸立在寒風，眺望
如一枯樹
堅忍且緊咬著嘴
無一聲禱告

＊以鐵塊和樹呈現面對打擊、試煉、迫害的抵抗。鐵塊在高溫中成為流動狀，被錘打成各種形體，但本質不變，而樹在冬天褪盡葉子，但春來又綻出青芽綠葉。

生命就如同鐵和樹，被壓迫的人，困頓於外在環境的人，堅定的意志才能面對壓迫、困頓。冷冽的冬是錘鍊的季節，艱苦的年代何嘗不是。

牽牛花

負氣地開向不同方位的牽牛花
而夕暮一剎眼中溜了進來
慣常地走至病床，掩在妻的唇上：
「死掉算了
讓我把繩結放開
使你飛入天空」
負氣地開向不同方位的牽牛花，
在窗外
卻共有一條莖幹
「死掉算了

還你自由
我也不會心疼」
而暗中對視的眼
突然觸覺一條緊緊的根連

＊夫妻的連帶感，在貧病中的景況。各自以「死掉算了」比喻釋放對方，讓對方在貧病的困頓中得到自由。

話雖這麼訴說，但緊緊的根連卻是牢固的，牽牛花蔓延，在草地在竹籬開花，雖向著不同方位，猶如夫妻，面向冬日的現實生活，但連帶就是連帶，切割也切割不掉。

天空

阿火讀著天空
一株稻草般的
在他的土地

「放田水啊」
天空寫著
砲花
戰鬥機

一株稻草的阿火
在風裡搖頭：
「天空不是老爹
天空已不是老爹」

＊農人看田吃飯，風調雨順才有好年冬。阿火就像任何一個農人，像一株稻草般單薄的農人。天不下雨，枯旱的氣候，阿火呼喊著水。但天空飛著的是戰火相關的砲花、戰鬥機。

戰爭年代的意味，貧瘠的墾拓生活。只能感嘆，天空不是疼惜農人的老爹，天空已然成為戰火的版圖。

天空

天空必有母親般溫柔的胸脯。
那樣廣延，可以感到鮮血的溫暖，隨時保持著慰撫的姿態。
而阿火躺在撕碎的花朵般的戰壕
為槍所擊傷。雙眼垂死的望著天空
充滿成為生命的懊恨

不自願的被出生
不自願的被死亡

然後他艱難地舉槍朝著天空
將天空射殺。

浪跡天涯

*這首〈天空〉，以母親的角色看天空。

一個受傷的兵士，阿火成為另一種身分，在戰壕裡流著血。花朵意味的是血。應該是母親的天空，應該是慰撫的天空，在垂死者眼中成為生命的懊恨，生與死，都是被動，被決定的阿火，舉槍射殺天空。一種象徵性的破滅行動。

路有千條樹有千根——紀念死去的父母……

路有千條條在呼喚著我
樹有千根根在呼喚著我

但來時的路
已在風沙中埋葬
源生的根
已腐爛

在這擾擾的世界之內
只剩我一個
一個。

＊尋求路與樹的關聯，但路與樹的關聯已中斷，標示「紀念死去的父母」，使路與樹的題旨更為彰顯。

這世界是紛紛擾擾的，而我是孤獨的。孤獨的自己，在感覺孤獨時，尋求父母的連帶，並紀念父母。

樹

我們站著站著站著如一支入土的
椿釘，固執而不動搖
噢，老天，這是我們的土地，我們的墓穴
即使把我們踢成一個旋錘
無止境的驅迫
這是我們的土地，我們的墓穴
把我處刑成為一柄火把
燒爛每一個呼喊的毛細孔
仍以頑抗的爪，緊緊的攫住
這立身之點
這是我們的土地，我們的墓穴。

*樹像樁釘，緊緊地抓攬自己的立足點。重複呼喊「這是我們的土地，我們的墓穴」，把認同之愛與執著表達淋漓盡致。以樹與土地比喻人和土地，抵抗著壓迫，不畏各種凌遲，宣示對自己立身之點的堅持。既是自然的，也是社會的。

廣場

所有的群眾一哄而散了
　　　　　　回到床上
去擁護有體香的女人
而銅像猶在堅持他的主義
對著無人的廣場
振臂高呼

只有風
頑皮地踢著葉子嘻嘻哈哈
在擦拭那些足跡

＊威權統治時代，在廣場構築政治銅像，慶典時聚集群眾宣達政治力量。但廣場的另一面卻被解構、被嘲諷。面對無人的廣場，振臂高呼的銅像和他的主義一樣，讓人感到可笑。風吹著落葉，彷彿在擦拭群眾留下的足跡。

許達然

在不是詩的社會寫社會的詩

許達然（1940～）是著名的散文家，也是一位詩人，而且翻譯了許多外國詩人作品，其中以在《笠詩刊》發表的英語詩人奧登（W. H. Auden，1927～1973）的詩選最為突出。

出生台南市的許達然，本名許文雄，是東海大學歷史系的早期學生，他在大學時就以《遠方》《含淚的微笑》（1961）兩本散文集知名文壇，稍晚於他的，是一位當時以「葉珊」為筆名的外文系校友，即後來的楊牧。

許達然的散文質樸，葉珊華麗，兩人後來都赴美留學，本名王靖獻的楊牧成了中文學者，許達然以歷史學者的生涯享譽，畢業於東海大學的歷史系，後成為美國哈佛大學的碩士、芝加哥大學博士，一九六九年起任教於美國西北大學的他，退休後被母校東海大學延攬回國擔任講座教授，在明清時期的臺灣社會史研究方面，具有重要地位。

許達然的散文著作，還包括：《土》（1979）《水邊》（1984）《吐》（1984）《人行道》（1985）《同情的理解》（1991）《懷念的風景》（1997），他的詩集只有《違章建築》，但詩作在許多選集入選。他的詩，極具特色，特別是在漢字中文的語言運用上，自成一格。

重視現實與真實，凝視社會，關注庶民生活——許達然強調「在不是詩的社會裡寫社會的詩。」視點是銳利的，視野是人間性的。他的許多詩採散文形式，他的散文裡也有深厚的詩意味。是詩人也是散文家，是作家也是學者；他學識淵博，文學呈顯的詩和散文的風景，也是受到稱讚的。在評論臺灣文學時，或在翻譯外國詩到臺灣時，都顯示了他對文學發展深層的關懷。

我喜歡讀許達然的散文和詩，也喜歡讀他譯介的外國詩——有一種特別的觀照視野，文學史和社會史的視野。讀他的詩，能讀到臺灣社會底層的、庶民的生活，以及反映在生活裡的歷史與現實，沒有無病呻吟的詞藻，也沒有華麗的修辭，而是同情和理解的心，是真摯樸素的心。

＊詩的禮物／許達然 詩

‧路

‧違章建築

‧用品

‧普通列車

‧看瀑

‧學問

‧能

‧民矚政治

‧樹

路

阿祖的兩輪前是阿公　拖載日本仔
拖不掉侮辱　倒在血池

阿公的兩輪後是阿媽　推賣熱甘薯
推不離艱苦　倒在半路

阿爸的三輪上是阿爸　踏踏踏踏踏
踏不出希望　倒在街上

別人的四輪上是我啦　趕趕趕趕趕
趕不開驚險　活爭時間

*一路走來的臺灣歷史，從阿祖、阿公、阿爸到我，共四代人。從兩輪車，一前一後，又拉又推；三輪車，人在上面踩踏；四輪汽車，坐在上面駕駛。從日治時代到現在，庶民生活的浮世之繪。勞累至死，擔任駕駛驚險爭取時間，路程是辛苦的，歷史是困厄的。

違章建築

窮擠
不出都市的憂鬱

也有門把蛙聲分開
一片自己聽
另一片警察踩

福字倒紅大
光明裡黃老
只是無影

就這麼一個家了
居然不必賄賂

蚊蟲就稅捐處般吸
居然把瘦肉當花蚊
蜂官樣咬

窗被睜著眼
看風瞎衝進來拆

法律堅持要公平
給路給樹給鳥
啄　觀光成風景

＊住在違章建築裡的人口擁擠、貧窮，但沒有都市的憂鬱——拚命生活都來不及了，怎麼還有閒情憂鬱。門只是外面田野的蛙聲，警察糟蹋也是常有的。一樣在門上貼福字春聯，倒著貼說是到了。命理的黃老之街從未實現，違章建築的家，蚊蟲蜜蜂咬人，就像貪官污吏。殘破的窗，風吹進屋裡，東倒西歪。居然還有人把違章建築當做風景來觀光。

用品

藥膏已捏到不堪再捏了，膿腫
牙膏已榨到不堪再榨了，話臭
肥皂已洗到不堪再瘦了，油垢
抹布已拭到不堪再破了，塵厚
橡皮已擦到不堪再黑了，紙破
箱子已擠裂了，拉圾還傾泄
椅子都受不了了，還坐著？

＊物件用品，從藥膏、牙膏、肥皂、抹布、橡皮（擦）、箱子，到椅子，都有它的功能，也有使用的極限。

但椅子的情況特殊，受不了並非物件用品的物理性損壞，而是諷喻，暗示被宰制的反抗現象，坐著是一種壓迫現象。

回頭過來，前面的物件用品用到不堪還用，不也是壓迫現象？

普通列車

仍舊
一出發就穿
不跑的風景
我們的鄉土

站站
無人上下也停
即使急駛也慢
規定讓給復興
自強先溜

分發灰塵
給我們奔命

壓死日子
等等

＊普通列車是鐵路最慢的車種。「仍舊」這裡說的是車身仍然舊。「一出發就穿」是穿越臺灣西部的山洞或田野。風景永遠在，我們的鄉土永遠在。每站都停，開得再快也比其他車種慢。常常要在停靠站讓其他火車先行通過。復興號要讓，自強號更不必說了。

搭乘普通列車有疲於奔命的意味。沒有空調，車廂內到處灰塵。一天一天都穿馳，像在壓死日子。

看瀑

高處一定不舒服才猛吐
痰竟白談的如此
壯聲勢

＊一般都把瀑布美化，瀑布從山壁旁垂落成一直線，是山谷或溪澗在山壁直落而下的風景，但這首詩裡，一反文人雅士風情，諷喻高處不舒服。瀑布是猛吐之疾，而且白談，像清談一樣，是論客的空口白話，聲勢很壯大，其實沒有內容。

學問

丟棄歷史改攻電腦的
邏輯：賺錢就是
對了，電腦若算得出人間
影印一份給我抄寫

*歷史自然是一種學問，而電腦呢？一種新科技。

從前，大學和職業學校是不一樣的，大學講求學問，而職業學校是為了謀生技能。但現在的大學，謀生技能比學問還重要，一切是為了賺錢。丟棄歷史、改攻電腦，就是這種功利現象，但學歷史的詩人，反批「電腦若算得出人間，影印一份給我抄寫」。

能

挨揍的鐵塊
越打越牢
拒做鐐銬
做爐
期待燃燒

＊鐵塊在熔爐裡燒，鐵匠取出軟化的鐵塊又敲又打，挨打的鐵塊更為堅實，可以做成各種鐵器，有些鐵器是好工具，但鐐銬是為了銬上人的手腳，拒絕做成鐐銬。做熔爐，期待燃燒，才能做出物件。

紅黑白三國演義

民矚政治

政客們都忙著讚賞
臭豆腐：官僚
又熱烈罵對方
錯：落選後念
盜版的資治通鑑

＊民主政治的發展並非一蹴可及，政客和官僚的角色常常是醜惡的。以讚賞臭豆腐比喻政客逐臭，官僚都說是別人的臭。民矚政治的詞語就有對民主政治的反諷。許多政客，在落選後才說看書。但盜版的資治通鑑諷刺政治，即使看書，也不上道，言行不及義。

樹

困。
只因喜歡泥土，雖抓不住天，也上下生長。
東日做東，扛日結果，彎幾枝就成巢，活著
總遇見你們土匪。那些鐵齒，不唬不辯就橫
沖過來劈鋸，做柄砍更多兄弟，臥成板給你
們放心切剁，躺成船帶你們漂泊，碎成紙吸
你們辛酸，倒做棺材守衛你們的腐爛，甚至
燃燒年輪成你們的光輝，你們還張口坐在我
上面。
呆。

*樹是木材的來源，但這首詩的頭尾：困字是口包著木，呆字則

是口在木上面，這都是人怎麼對待樹木，而有以致之。樹根入土裡，樹伸向天，向上向下生長。看看這些字，東不是東加上日嗎？果不是木加上日嗎？巢不是果字上面彎幾枝嗎？多麼奇妙的樹木。

但是，人是土匪、是劫奪者破壞者，拿著鐵齒劈木鋸木，刀柄鋸柄還是木材做的！砧板是木材，船是木材，紙是木材，甚至棺材也是。

燃燒木材是以犧牲樹木年輪隱含的成長歲月而形成光年，照舊將它燃燒的人，也意味著樹木對人類的貢獻。

自然學校的風景

李敏勇

從南臺灣的屏東、高雄縣市，我的成長形跡沿著西岸，從台中而台北，定居在北臺灣的首都城市。我的兩個女兒自然而然成為沒有真正接觸鄉村、大自然的孩子。在某種意義上，我認為她們和許多只認識都市的孩子一樣，都是不幸的。

為了把自然的情境帶給女兒，在她們小時候，我寫過一些童話詩。〈一個父親為孩子寫的童話詩〉是我給孩子的禮物。有一次，小女兒好奇地問我螢火蟲的事，她張亮的眼睛裡，充滿著期待認識螢火蟲的願望。

童年時代，在南臺灣生活，夜晚的田野，溝渠旁常有螢火蟲在閃爍。這樣的情景，因為農藥的過度使用，造成環境生態的破壞，喪失了，只留在記憶裡。

孩子小時候，我把自然的情景描述在詩裡，希望她們從閱讀中去想像，去捕捉意義。都市裡的生活，從屋內看出去，夜晚只看見其他建築物的燈光，比鱗櫛次的房子，每一扇窗口都有鄰人，常常是陌生的，在他們各自的生活領域活動。夜晚，他們在燈光裡呼吸，而不是在有螢火蟲的閃爍夜空下呼吸。

我在一本散文集《人生風景》裡，有一篇〈螢火蟲〉，提到一九九〇年代初訪問韓國，在他們首都漢城——現在的首爾，聽當時韓國的文化部長李御寧以螢火蟲的微弱之光比喻文化的處境。

著名作家與文化評論家的李御寧，在一個兒童夏令營，面對孩子們問他文化部的工作是什麼？他答覆他們說是：「保護將要熄滅的，一如螢火蟲的光一般的生命之火。」他在一個國際詩人會議的場合，談到詩人與詩關聯的處境，以工業主義暴風雨裡奄奄一息的光芒來比喻。

螢火蟲不只是失去童年鄉村生活經驗的孩子們的憧憬與夢，也是一種文化失落的象徵。經歷過環境被嚴重破壞，鄉村也不一定看得到螢火蟲的時期，現在的環境重建和保護，某種程度復育了臺灣的自然，有些鄉村地方總算可以再看到螢火蟲的亮光。自然是一間教室，甚至是一所學校，孕育著人們心靈裡素樸、動人的風景。

*詩的禮物／李敏勇 詩

·螢火蟲
·麻雀
·寄居蟹
·雞冠花
·爬牆虎
·百合花

螢火蟲

提著小小的燈籠
螢火蟲
忙碌地裝扮鄉村的夜晚

牠小心地走過田埂
牠謹慎地越過溝渠
發出微微的光
螢火蟲
辛苦地照亮田野的黑暗

牠有時爬到高處俯視大地
牠有時躲在窪角仰望天空

*螢火蟲是一種奇妙的，尾部發出螢光的昆蟲，鄉村的田野在春天的夜晚常常出現牠們的形影。以燈籠比喻螢火蟲的亮光，聯想到元宵的節慶，小孩提燈籠的傳統習俗。小孩與螢火蟲，形成類比性。

一隻一隻的螢火蟲，高高低低飛著的螢火蟲，點綴鄉村的夜晚。在田埂、也在溝渠，牠們的光，彷彿照亮田野的黑暗。飛到高處時，像在俯瞰大地；而躲在窪角時，又像在仰望天空。

麻雀

麻雀
在輸電線上
開演唱會

牠們穿著整齊的制服
排成一列美麗隊伍

以藍天做背景
襯托著白雲

吱吱喳喳
唱個不停
構成鄉村美麗的風情

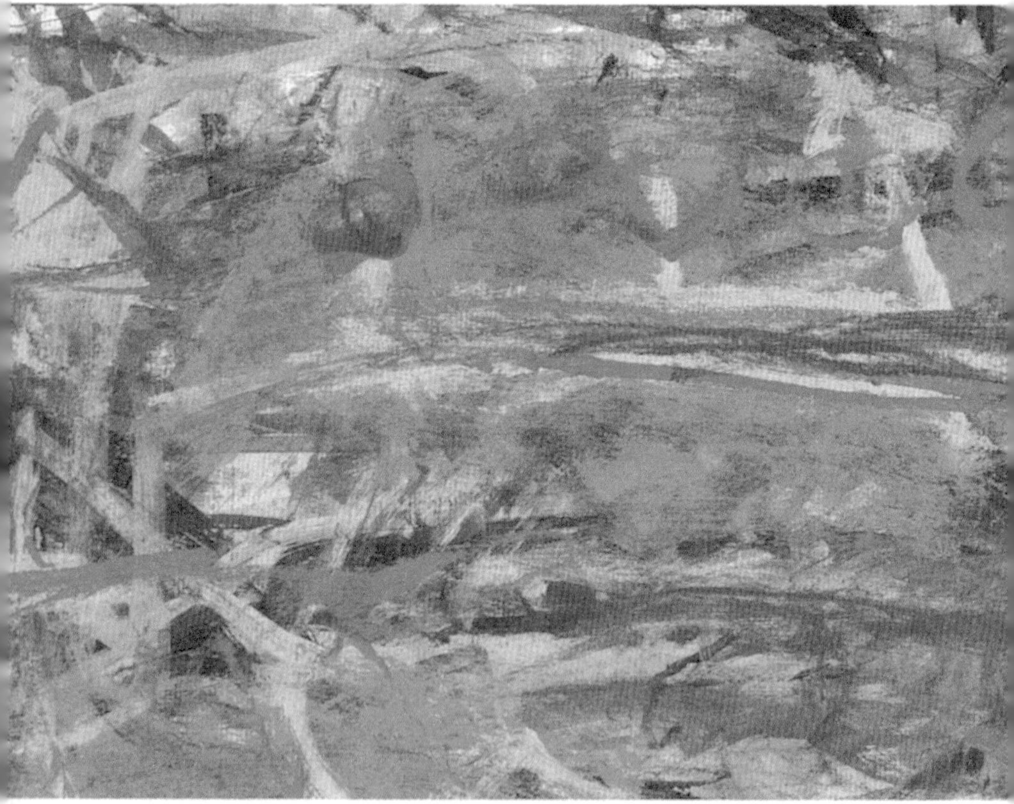

雲從龍、風從虎

*麻雀是平凡的鳥，不只在鄉村，臺灣的都市裡也看得到。牠們常常在輸電線上排成一列，一群麻雀在一起彷彿穿著制服。

麻雀不會安安靜靜，通常吱吱喳喳，吵個不停。不像有些鳥兒，那麼嬌麗，或那麼稀罕。麻雀的特性就是成群結夥，聲音可以撐開半邊天。

就是這種平凡的鳥，讓平靜的鄉村發出引人注意的聲音。

寄居蟹

揹著小海螺的房屋
寄居蟹在沙灘
慌慌張張

有時候
躲在坑洞裡
害怕被弄潮人帶回去嬉戲

小小的身體
笨重的壓力
有時跑得上氣接不上下氣
偷懶溜出去休息

又擔心家被海浪沖走
孤苦無依

*寄居蟹是以小海螺為軀殼、寄居在小海螺的一種蟹類。海邊的沙灘，若環境生態良好，可以看到寄居蟹的身影。牠們揹著小海螺的軀殼，鑽在沙灘的洞穴，也走出洞穴在沙灘行走。

寄居蟹動作迅速，小小的軀體，彷彿扛著房屋或揹著家的小生物，和一些自己生出軀殼護身的蟹類不一樣。可惜，現在的海濱，不盡然能看得見寄居蟹。

雞冠花

戴著和公雞一樣的
美麗皇冠
都不會啼叫
每天早晨
排成整齊隊伍
在庭院
迎接太陽的光

頂著藍天
在風中招展衣裳
再熱的天氣
也不會垂頭喪氣
堅挺的脖子

伸得筆直

像童話裡的兵士

＊雞冠花因花像公雞之冠而得名。種在庭院裡的雞冠花，像公雞，卻不會啼叫。這樣的風景在許多種花的庭園或庭院，常常看得到。從前的鄉間家屋，庭院種植一些花草，雞冠花再平凡不過了。

比喻成公雞，又比喻成兵士。童話故事的繪本裡，御林軍頭戴有羽毛的高帽，童話故事裡的兵士也像雞冠花一樣。藍天下，熱騰騰的天氣，雞冠花的形影那麼筆直，那麼堅挺。

爬牆虎

爬牆虎
把牆壁當做山
奮力地
爬啊爬啊
腳印在牆壁留下痕跡
越來越大
像一幅自然的圖畫
春是嫩綠色
夏是草綠色
秋是深綠色漸漸轉入微紅
冬是楓紅色並掉著葉子
使房屋多采多姿
好像在描繪季節的情景

又像在訴說人生的故事

＊爬牆虎是一種攀爬植物，會附著於粗糙性牆壁。歐美許多學校、公共建築、文化設施、家屋，常種植爬牆虎，讓這種植物延伸外牆攀爬，形成牆面風景。

爬牆虎隨季節而顯現不同的色澤，冬天也會落葉。一年四季，色澤的變化，加上落葉再生，好像有變化的生命，有生命力的藝術家。

百合花

山谷裡
可愛的百合花
在晚風中
溫柔地望著天空

它們身上
還濕濕留著雨滴
好像委屈的哭泣
也像傾訴的話語

晚風吹來黑夜
入睡以後就會夢見黎明
在晨曦中重新打扮

裝滿星星的葫蘆

迎接新的山景

＊臺灣一些山谷有原生種百合花，綠色葉梗，白色花朵，素樸而優美。山上常有地形雨，黃昏時分，雨滴而下百合花的葉脈或花瓣，形成某種景致。

花也有生命，有花語的言說。山谷裡的百合花，像溫柔的人兒。每一個早晨，百合花都有新貌，即使前一天在雨淋中留下像是眼淚的雨滴在身上，新的一天都有新的形影，迎接新的山景。

吟詠福爾摩沙，素描島國風景

劉克襄

劉克襄（1957～）是一位在自然寫作享有名聲的作家，也是一位詩人。我編選的一本《劉克襄詩選》，以〈在綠色大地扛旗的形影〉試論他的詩，側重在他從早期具有某種社會意識，映照臺灣歷史裡的政治情境，延伸他的自然意味，探觸他的作品。

一九八〇年代就在詩壇顯露才具的劉克襄，從之前以筆名劉資愧出版的《河下游》，在一九八〇年代的三本詩集《松鼠班比曹》《漂鳥的故鄉》《在測天島》，就形成他社會意識與自然意識兼具的風格。後來他的一本散文詩集《小鼯鼠的看法》，自然生態的比重明顯化，到了《最美麗的時候》，更看出他已融入自然情境。

在劉克襄的詩裡，自然成為縮影，凝聚了他的文學關懷。從他的自然，可以看到社會；而他的社會，在自然裡。他也從自然看歷史、看現在、看未來。詩和散文，交織著他的自然投影，甚至延伸到小說。

被喻稱為鳥人的他，看鳥賞鳥寫鳥。他也是島嶼的旅人，書寫自然旅行經驗；觀照草木、鳥禽、物種，探觸島嶼土地的脈動，描繪島嶼土地的形述。不只以書寫，更以行動，介入了臺灣的自然生態。

比起詩作品，劉克襄的自然生態散文作品，結集更多。但他的詩，在自然生態書寫的位置，是突出的。因為這些詩，吟詠了福爾摩沙，以自然生態形成一種隱喻，令人動容。

扛著旗子的形影，現在對於劉克襄而言，是揹著背包，是探索者，也是介入的人。從社會而自然，以不同的介質關懷著臺灣，劉克襄的吟詠之歌，嗚唱了福爾摩沙的悲歡。在希望和祝福中，劉克襄對於福爾摩沙有一種特殊的觀照，他對國家的意義也有特別的願景。

＊詩的禮物／劉克襄 詩

．福爾摩沙
．希望
．國家
．小學校的鋼琴聲
．島嶼之歌
．黑面琵鷺
．樹
．祝福　給福爾摩沙(1)&(2)
．國家

福爾摩沙

第一個發現的人
不知道將它繪在航海圖的哪個位置
它是徘徊北回歸線的島嶼
擁有最困惑的歷史與最衰弱的人民

＊福爾摩沙，美麗之島。這樣的稱號來自葡萄牙水手於十六世紀航經臺灣時，發出來的讚嘆之聲：「Ilha Formosa!」

大航海時代的歷史記憶，也在地球上其他地方，特別是中南美洲。但是，福爾摩沙之等義於臺灣，是最代表性的。第一個發現臺灣的人當然不是葡萄牙人，但臺灣的原住民、早期移入者未確立自己的主權地位，導致臺灣的國家在不確定中，以及生活在這個美麗島嶼的人們的歷史困惑。歷史的悲情成為烙印。

希望

終有一年春天
我們的子孫會讀到
頭條新聞如下：
冬候鳥小水鴨要北返了
經過淡水河邊的車輛
禁鳴喇叭

*報紙或電視的頭條新聞，通常是國內外政治要聞。希望是對未來的一種期待，因為現在不擁有，一則自然保育的新聞，在這首詩裡被期待存在於頭條新聞，喻示社會的改變，喻示臺灣對環境生態的重視。

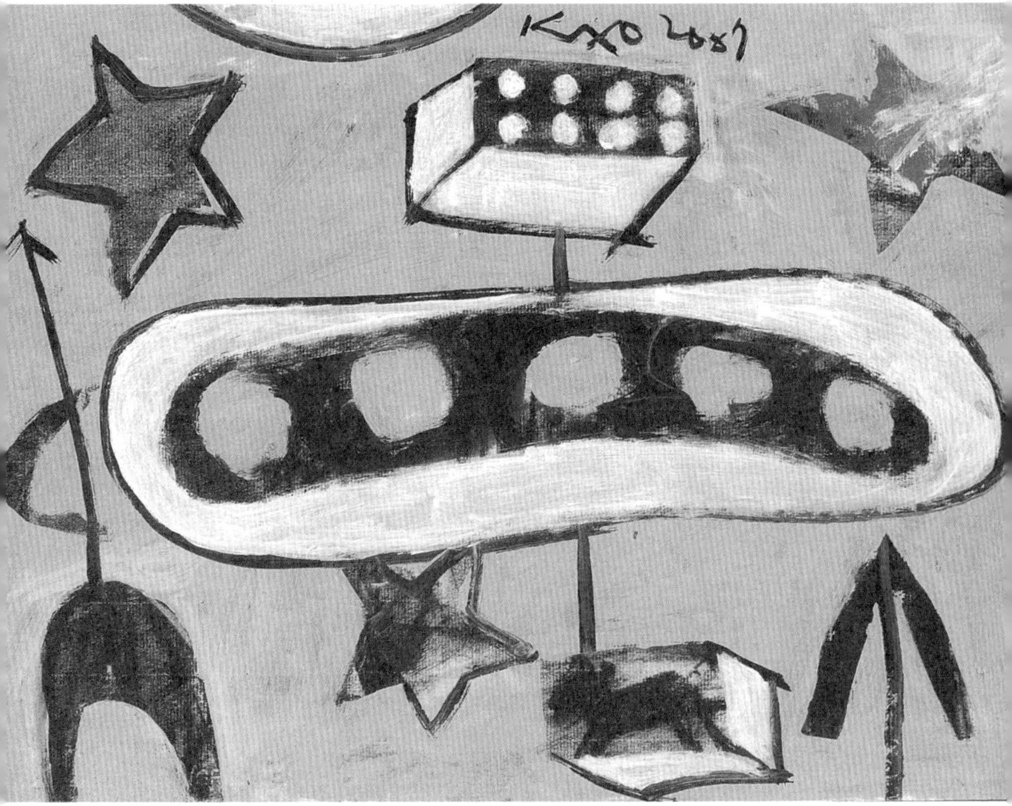

夜間棒球場

國家

我不能要一個國家
除了鳥語花語
什麼都沒有

我不能要一個國家
除了單向信任
什麼都沒有

我要一個國家
除了哀鴻遍野
什麼都有

我要一個國家

除了猜疑相忌
什麼都有

＊對於國家的想像，希望國家不能只有鳥語花語，不能只有單向信任。這種想像含有對於欠缺的事物的期望。而一個國家，哀鴻遍野和猜疑相忌是最不需要的，意含著對當下國家狀況的批評。從一個國家要有什麼，到一個國家不要什麼，描繪一種國家願景。

小學校的鋼琴聲

在下榻的旅舍煮茶
水沸時，父親興奮地說
他聽到鋼琴聲了
我走近窗口，只看到雨水
還有小學生在放學回家的路上

這是父親年輕時教書的小鎮
隔天我們去小學校
他去猛力敲鐘，去觸摸教室的桌椅
去禮堂聽自己的回音……

後來我也聽到鋼琴聲了
禮堂暗處。從窗口

我看到老年的我
坐在鋼琴後流淚

呵，你看遠方
那個扛旗肩槍狂奔草原的年輕人
母親說，從小他最想當音樂家

＊鋼琴聲和音樂家象徵一種美麗的夢想和追求，但時代的情境不能讓這種夢想和追求實現。做兒子的和父親去了父親曾任教的小學校，在旅舍煮茶時，父親說聽到鋼琴聲，但事實沒有，只有雨水在窗口和小學生放學的情景。

父親到教過書的小學校，敲鐘和觸摸教室桌椅，代表對那已逝的歲月的懷念，在禮堂聽自己回音也是。一九五〇年代的白色恐怖記憶浮現在這位父親、這位鄉鎮教師的行止。

做兒子的在自己父親的境域裡，想像自己的同樣遭遇。原本未在詩中出現的母親告訴做兒子的，看一個扛旗肩槍在草原狂奔的年輕人，說他有同樣的遭遇。有美麗夢想和追求美麗夢想的人，在白色恐怖時代的不幸遭遇，並不是特殊的，而有一些普遍性。

島嶼之歌

一個島的悲哀
建立在遙遠的距離
和時間的凝視
它會被顏色淹沒
脆弱和盲目的灰色
不安和自傲的褐色
混濁和固執的黑色

*顏色本來各有其意味，但在這首詩裡，灰色、褐色和黑色，被用來表示負面價值。美麗之島福爾摩沙的歷史，充滿悲情，從長時間的凝視和長距離的凝視，更能觀照到這個島嶼的歷史和地理情境。被灰色、褐色和黑色淹沒的是綠色，象徵美麗之島的自然色彩。

黑面琵鷺

空曠意味著安全
遼闊包含了幸福

如此遙望時
在團體間
我們傳遞著
白色的溫煦

以及，摩挲著
一些
黑色的孤獨

我們是北方的森林

在南方的海岸棲息

＊在台南七股的海岸沼地，已成為黑面琵鷺南來避寒的最主要棲息地。這首詩，以黑面琵鷺的自我告白，訴說牠們的故事，也呈顯牠們的風景。

黑與白，溫煦與孤獨的況味，在黑面琵鷺的群體間，安全和幸福是場域的情境。從北方飛行而來，棲息在臺灣、也是南方海岸的黑面琵鷺群像移動而來的森林，安安靜靜，彷彿植根一樣。

樹

每一枝樹根都在黑暗裡觸摸到溫暖的潮濕
每一片葉子都伸向陽光最明亮而充裕的空間

每一朵花都以飽滿而盈開的色澤綻放
每一粒種子都善於飛行到遠方的遠方

每一天都在濃綠的夢裡醒來
每一晚都在月光下看見自己的抽長

每一種生活都會擺出天地和諧的姿勢
每一類思考都想和周遭的小草對話

＊樹的根、葉、花和種子，各自有它的生態意味。樹的日、夜，生活和思考，也都各自有它的情境。以樹喻人，會在自然生態中看到典範性；以樹喻人，也會在環境保育中看到期望值。藉著樹的形影，描繪著一種自我的價值觀。

祝福　給福爾摩沙(1)

一道暖流經過中央山脈
「真抱歉，
我比春天早來了，
這個世紀要比過去更平安，快樂喲！」

祝福　給福爾摩沙(2)

這是二十世紀
最後一個月
我在這塊土地的旅行
從吉安到平和

準備去下一個世紀
不時惦記的你
也要幸福啊

＊兩首〈祝福〉，(1)是二十一世紀之初的祝福，(2)是二十世紀之末的祝福。新世紀的祝福，以一道早來暖流的話語，說要比過去更平安、快樂；而二十世紀的最後一個月，用東岸「吉安」到「平和」兩個火車站的吉祥名稱為喻，說出祝福之意。

國家

在我們飛行的方向裡
沒有比這個更混濁的了
它總是遮擋住我們的視線
以及可能的思考
祖先經過的
我們也正在經過
看到了嗎
初航的孩子

*以飛行的鳥的視野看臺灣，其實是詩人的視野。充滿迷障的視野，飛行方向受到阻礙，這不只是我們的經驗，也是祖先的經驗。似乎有一種對新起世代的叮嚀，提示初航中追尋的關懷，透露了對國家迷惘狀況的關切。

國家圖書館出版品預行編目資料

聽,臺灣在吟唱 : 詩的禮物. 1 / 李敏勇編著. -- 初版. -- 臺北市 : 圓神, 2014.07
208面 ; 14.8×20.8公分 -- (圓神文叢 ; 163)

ISBN 978-986-133-502-5(平裝)

863.51 103009806

The Eurasian Publishing Group 圓神出版事業機構 用心與你對話・視野無限寬廣 圓神出版社 Eurasian Press

http://www.booklife.com.tw inquiries@mail.eurasian.com.tw

圓神文叢 163

聽,臺灣在吟唱——詩的禮物1

編　　者/李敏勇
發 行 人/簡志忠
出 版 者/圓神出版社有限公司
地　　址/台北市南京東路四段50號6樓之1
電　　話/(02) 2579-6600 · 2579-8800 · 2570-3939
傳　　真/(02) 2579-0338 · 2577-3220 · 2570-3636
郵撥帳號/ 18598712　圓神出版社有限公司
總 編 輯/陳秋月
主　　編/林慈敏
責任編輯/連秋香
美術編輯/王琪
行銷企畫/吳幸芳 · 林心涵
印務統籌/林永潔
監　　印/高榮祥
校　　對/林慈敏 · 連秋香
排　　版/莊寶鈴
經 銷 商/叩應股份有限公司
法律顧問/圓神出版事業機構法律顧問　蕭雄淋律師
印　　刷/國碩印前科技股份有限公司
2014年7月　初版

定價 280 元　ISBN 978-986-133-502-5